Cyhoeddwyd gan
Rily Publications Ltd 2016

Rily Publications Ltd
Blwch Post 257, Caerffili CF83 9FL

Hawlfraint yr addasiad © Rily Publications Ltd 2016

Addasiad gan Delyth George

ISBN 978-1-84967-357-0

Hawlfraint y lluniau a'r testun © 2016 Terry Fan ac Eric Fan

Cyhoeddwyd yn wreiddiol yn Saesneg yn 2016
o dan y teitl *The Night Gardener* gan Simon & Schuster

Mae Terry Fan ac Eric Fan wedi sefydlu eu hawl i gael eu cydnabod fel awduron y
gwaith hwn yn unol â Deddf Hawlfraint, Dyluniadau a Phatentau 1988.

RILY

rily.co.uk

I MAM A DAD
—T. F & E. F

GARDDWR y GWYLL

The Night Gardener

Terry Fan & Eric Fan
Addasiad gan Delyth George

RILY

Pwysodd Wiliam ar sil y ffenest
a gweld cynnwrf ar y stryd.
Gwisgodd ar garlam a rhedodd ar ras
mas drwy'r drws i ganfod . . .

William looked out his window
to find a commotion on the street.
He quickly dressed, ran downstairs,
and raced out the door to discover . . .

bod tylluan fawr
ddoeth wedi glanio'n
ddisymwth dros nos.

The wise owl had appeared
overnight, as if by magic.

Syllodd Wiliam arni'n syn drwy'r dydd,

William spent the whole day staring at it in wonder,

a daliodd i syllu arni
tan i'r gwyll ddod i'w ddallu'n llwyr.

and he continued to stare until it
became too dark to see.

Y noson honno
fe gysgodd yn gyffro i gyd.

That night he went to sleep
with a sense of excitement.

Y bore wedyn,

The following morning,

chafodd Wiliam mo'i siomi.

William was not disappointed.

Bob dydd gwelai Wiliam ryw docwaith newydd – cwningen gyfeillg

Each day William discovered a new topiary.
Next was a friendly rabbit,

ac wedyn barotyn pert ...

followed by a pretty parakeet ...

ac yna eliffant chwareus.

and then a
playful elephant.

Fel y tyfai'r cerfluniau, tyfai'r dorf.

With each new sculpture, the crowds grew and grew.

Roedd rhywbeth yn digwydd i'r stryd a'i phobl.

Something was happening on Grimloch Lane.

Rhywbeth da.

Something good.

Y diwrnod wedyn, rhedodd Wiliam o'i gartref

The next day, William dashed out of his home

a dilyn y dorf, nes iddo ddarganfod . . .

and followed the crowds, only to find . . .

y campwaith gorau eto!

the most magnificent masterpiece yet!

Parhau wnaeth y dathlu
er i'r haul hen fachludo.

Festivities continued
long after the sun had set.

Ar ei ffordd adre
roedd Wiliam

As William was about to head home,

pan welodd y dieithryn.

he spotted someone unfamiliar.

Does bosib!

Could it be?

Trodd at Wiliam. Garddwr y Gwyll *oedd* y gŵr!
"Gan fod cymaint o goed yn y parc,"
meddai, "hoffwn ychydig o help."

The gentleman turned to William. "There are so many trees in this park.
I could use a little help." It *was* the Night Gardener!

O dan olau'r
lleuad lawn,

Under the light of
a full moon,

gweithiodd y ddau
hyd berfedd nos.

they worked deep
into the night.

Dihunwyd Wiliam gan sŵn teuluoedd hapus
yn chwerthin a chwarae,

William awoke to the sound of happy families walking by,

a gwelodd yr anrheg adawodd y gŵr.

and a gift from the Night Gardener.

Daeth y dref i gyd ynghyd i edmygu
gwaith caled Wiliam a Garddwr y Gwyll.

The whole town had come out
to admire the Night Gardener's—
and William's—hard work.

Ond troi wnaeth y tymor, fel lliwiau'r dail ...

Over time the leaves changed . . .

a disgyn, nes cuddio pob
arwydd fod Garddwr y Gwyll
erioed wedi troedio hyd
y stryd ddi-nod honno.

and then fell, until there
was no evidence that
the Night Gardener
had ever been to
Grimloch Lane.

Ond roedd pobl y dref fach wedi newid am byth.

But the people of the small town were never the same.

A Wiliam hefyd.

And neither was William.